閱讀123

國家圖書館出版品預行編目資料

貓巧可真快樂／王淑芬 文；尤淑瑜 圖 -- 第一版 . -- 臺北市：親子天下，2018.05
120 面；14.8x21 公分 . --（閱讀 123） ISBN 978-957-9095-41-9（平裝）
859.6 107002092

閱讀 123 系列

貓巧可 3

貓巧可真快樂

作者｜王淑芬
繪者｜尤淑瑜
責任編輯｜陳毓書
美術設計｜蕭雅慧
行銷企劃｜陳詩茵

發行人｜殷允芃
創辦人兼執行長｜何琦瑜
副總經理｜林彥傑
總監｜黃雅妮
版權專員｜何晨瑋、黃微真

出版者｜親子天下股份有限公司
地址｜台北市 104 建國北路一段 96 號 4 樓
電話｜（02）2509-2800 傳真｜（02）2509-2462
網址｜ www.parenting.com.tw
讀者服務專線｜（02）2662-0332
週一～週五｜ 09:00~17:30
讀者服務傳真｜（02）2662-6048
客服信箱｜bill@cw.com.tw
法律顧問｜台英國際商務法律事務所・羅明通律師
製版印刷｜中原造像股份有限公司
總經銷｜大和圖書有限公司 電話｜（02）8990-2588

出版日期｜ 2018 年 5 月第一版第一次印行
2021 年 6 月第一版第十八次印行

定價｜260 元
書號｜BKKCD105P
ISBN ｜978-957-9095-41-9（平裝）

訂購服務
親子天下 Shopping ｜ shopping.parenting.com.tw
海外 ・ 大量訂購｜ parenting@cw.com.tw
書香花園｜台北市建國北路二段 6 巷 11 號 電話｜（02）2506-1635
劃撥帳號｜ 50331356 親子天下股份有限公司

貓巧可3

貓巧可真快樂

圖 尤淑瑜
文 王淑芬

目次

1. 快樂是什麼？

貓村小學的貓老師今天請假，沒有來上課。貓校長向全校學生說明：「因為貓老師太快樂了，所以今天請快樂假。」

貓小葉聽了，舉手問校長：「貓老師中大獎了嗎？還是寫的詩被刊登在貓村日報？」

貓老師非常喜愛寫詩，每天寫十首，再選一首向報紙投稿。只要她的詩被刊登出來，便會請貓村小學的學生吃鮪魚糖果。

貓校長搖搖頭，說：「貓老師在電話中並沒有說理由。我猜，應該是她院子裡的薄荷長得很茂盛，所以她很快樂。」

說完，貓校長便指定今天由貓巧可擔任代課老師。

貓小花也舉手問：「為什麼不是貓校長您來代課呢？」

貓校長趕快拿出口袋裡的請假單，解釋：「不好意思，因為我今天也很快樂，所以我也請了假。」

貓校長說，因為他寫了一首詩送給校長太太，校長太太讀完之後，親了貓校長一下，所以兩個人都快樂極了。

貓小花圓滾滾的眼睛發亮了：「我也喜歡詩，請校長朗讀給我們聽好嗎？」

貓校長更快樂了，咳了兩聲後，高聲朗誦他的詩：「『昨天沒長高，今天天氣好，明天還沒到，快來吃麵包。』完。」他還點出這首詩最妙的特點是有押韻，讀起來很好聽。

貓校長開開心心的走出教室。

貓巧可則站上講臺，大聲宣布：

「既然老師請快樂假，這一節課，

我們也來上快樂課吧！」

「喵！喵喵！」所有的學生高聲歡呼。貓小花快樂的在頭上開出一朵玫瑰花，貓小葉的頭上則長出一片好大的綠葉。

可是，快樂課要上什麼呢？有課本嗎？

貓小歪立刻有答案：「快樂就是不要上課啊，下課！」

貓小白則說：「不要不要，好不容易上這種好玩的課，我才不要下課呢！貓巧可，請教教我們怎麼樣才會快樂。」

貓巧可問大家：「不如，我們先來討論一下，快樂是什麼？」

「快樂就是吃麵包，一直吃一直吃，永遠吃不完。」貓小包說完，馬上從書包裡拿出媽媽烤的鮪魚麵包。

貓小白則說：「快樂就是看笑話集。」他還自告奮勇的為大家說一則笑話：「從前，有隻貓去旅行，沒想到走到半路卻下雨了，哈哈哈。」

沒想到其他人覺得不好笑，於是貓小白向貓巧可拿請假單，生氣的說：「我今天要請不快樂假。哼！」

貓巧可趕快安慰貓小白：「可能大家覺得下雨不夠好笑吧。」

貓小葉也呼應：「對啊，應該要說『下雨加下貓下狗下豬下麵條下水餃』這樣比較好笑。」

果然引起一陣大笑，貓小白也快樂的笑了。

不過，貓小歪不滿意，他問貓巧可：「這一節課，難道就是一直講笑話？快樂就是講笑話？」

貓巧可想了想，說：「如果我們知道快樂到底是什麼，就能知道這節課要上什麼了。」

他又舉例：「比如剛才貓小歪說，快樂就是不要上課。大家同意嗎？」

「我不同意。我喜歡上抓蟑螂課、追蝴蝶課、唱貓咪歌課。」貓小花馬上說出反對的理由。

貓小包也反對，因為他也喜歡上學，只要上學，媽媽就會在書包裡放三個麵包。

貓巧可說：「貓小歪的快樂是不上學，貓小花與貓小包的快樂是要上學。怎麼辦？到底快樂是上學，還是不上學？」

貓小葉想到一件事：「有沒有可能，快樂這件事，並沒有標準答案？像我之前覺得蟑螂布丁很難吃，但是，現在最期待的卻是『媽媽烤一大堆蟑螂布丁當飯後甜點』，快樂是會變的。」

貓巧可點點頭：「貓小葉說得太好了，不但有結論，還有舉例來證明他的結論。」

貓小葉頭上的葉子開心的在風中搖動，他說：「我又有一個答案了，聽到別人讚美，也會很快樂。」

唱貓咪歌課
抓蟑螂課
快樂課
追蝴蝶課
吃媽媽準備的麵包
看笑話集

貓小花搖晃著頭上的花朵，也說：「快樂既然有很多種，就不必花時間為它下什麼定義了。只說不做，哪會快樂？貓巧可，你做什麼事會快樂？」

貓巧可拿出一本書，打開來，說：「看書，以及在書上寫詩。」貓巧可跟著貓老師，學了不少寫詩的方法。不過，他知道，寫詩這件事，有人喜歡，有人不喜歡。每個人對快樂的定義不一樣嘛。

沒想到，貓校長又走進教室，不好意思的說：「對不起，我忘記提醒你們。貓老師有交待，這一節課，要上呼嚕呼嚕課。」

「喵！喵喵！」所有的學生再度高聲歡呼，

這可是全貓村小學最熱愛的一堂課呢！

在操場的草地上，很舒服的躺著，不久，就可以聽見呼嚕呼嚕的聲音；貓村小學裡的學生們一致同意：上這堂課，真是太快樂啦！

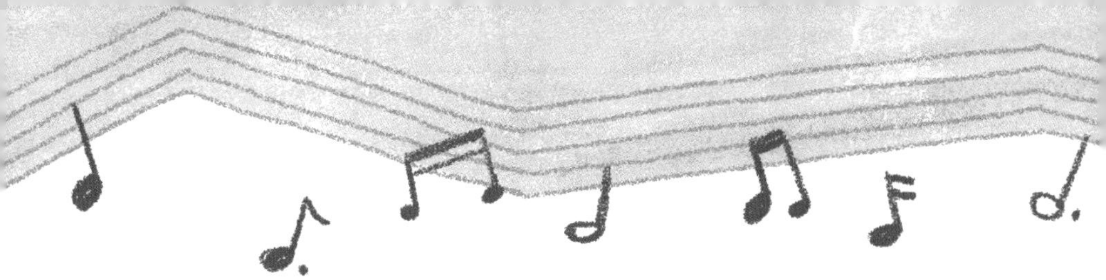

2. 自己的快樂

貓巧可最要好的朋友貓小花，放學後回到家，坐在鋼琴前哼哼唱唱，好快樂啊！她唱著：「放學後好快樂，彈鋼琴好快樂，吃麵包好快樂，下雨天好快樂，沒有下雨也快樂。」

貓小花還沒唱完，便聽見弟弟貓小葉推開門，大叫著：「我一點都不快樂。」

原來，貓小葉的好朋友貓小歪，因為上次同樂會，賣出的檸檬水比貓小葉少，竟然不理他了。

貓小葉還皺著眉頭補充：「不僅如此，貓小歪還鼓動別人也跟我絕交。這樣下去，我會變成孤單的可憐小貓。」

貓小花連忙抱住弟弟，安慰他：「你還有我，有爸爸、媽媽，以及貓巧可，我們永遠是你的好朋友。」

貓巧可正好上門拜訪，聽見了他們的對話，笑著問貓小葉：「你很在乎貓小歪嗎？」

貓小葉想了想，有點不懂：「什麼叫做在乎？」

「比如，我只有一顆糖果，卻願意分半顆給貓巧可，因為我很在乎他。」貓小花馬上解釋給弟弟聽。

貓小葉還是不懂：「如果有兩顆糖，我願意分一顆給小歪。但是只有一顆的話，我得考慮考慮，一顆糖果很難分耶！」

貓巧可搖搖頭，說：「願不願意分東西給他，不是最重要的考慮點。因為，分東西必須看情況。不如，問問自己，如果沒有這個朋友，會如何？」

一起玩
自己玩

貓小葉一臉苦惱的樣子，一直低聲說：

「沒有貓小歪，會如何？嗯，會……啊！我想到了，就不能跟他一起玩躲貓貓。」

貓巧可請貓小葉想一想，除了貓小歪，還有誰能一起玩躲貓貓？「貓小黑、貓小白、貓小包……」貓小葉說出許多答案。看來，沒有貓小歪，也一樣可以跟別人玩躲貓貓啊。

「可是，貓小歪是班上的蟑螂專家，他可以閉著眼睛找到蟑螂的家，很厲害。」貓小葉又想到一件事，覺得有貓小歪一起抓蟑螂，比較快樂。

「你不是很討厭蟑螂，何必跟小歪去抓？」貓小花敲敲小葉的頭。

貓小葉抓抓頭上的葉子，說：「也對，是小歪喜歡抓蟑螂，不是我。」

貓巧可點點頭，知道該怎麼向貓小葉說明了：「別人的快樂，不見得讓自己快樂。你可以想想，躲貓貓與抓蟑螂，是你喜愛玩的遊戲嗎？」

貓小葉立刻大叫：「不是！我喜歡做的事，是騎腳踏車、吃剛烤好的麵包、看星星、讀謎語書和聽姊姊彈鋼琴。」

這麼聽起來，沒有跟貓小歪一起躲貓貓與抓蟑螂，也沒關係了。

「可是，跟朋友一起，不管玩抓蟑螂或抓蝴蝶，還是比較快樂啊。」

貓小葉不夠滿意，一直看著窗外。窗外，好像有貓小歪在唱歌的聲音。

貓小花說：「我也一樣。比如，我並不喜歡寫詩，可是，如果跟貓巧可一起，我便寫得很開心。」

貓巧可又點頭了，說：「這就叫做：別人的快樂，有時候也是自己的快樂。」他還解釋給貓小葉聽：「你明明不怎麼愛聽鋼琴樂曲，可是聽姊姊彈的時候，卻很快樂。」

「為什麼會這樣？」貓小花與貓小葉一起問。

貓巧可說：「可能是因為貓小葉很喜愛姊姊。」所以，雖然是姊姊的快樂，但也算自己的快樂。做什麼不重要，是因為跟自己喜愛的人一起。

貓小花將貓小葉抱得緊緊的，說：「我也是。不論跟小葉一起做什麼，我也很快樂。」

貓小葉卻抱著頭大叫：「所以，是自己的快樂比較重要，還是別人的快樂比較重要？」

貓巧可一下子說「別人的快樂，不見得讓自己快樂」，後來又說「別人的快樂，有時候也是自己的快樂」，貓小葉覺得頭快爆炸了。

貓小花摸摸貓小葉的頭，又輕輕拉一拉小葉的耳朵，轉頭問貓巧可：「你這兩句話，好像正好相反，難怪小葉聽不懂。」

貓巧可也輕輕的拉一拉貓小花的耳朵，說：「就像現在這樣，有時，我喜歡拉拉自己的耳朵，很舒服。有時，我喜歡幫別人拉耳朵，看別人舒服的樣子，我也跟著舒服。自己的快樂和別人的快樂，沒辦法分得出來哪個重要啊。」

「所以，答案是『都一樣重要』？」貓小花說。

貓巧可卻說：「也有可能，都不重要。」

貓小花笑了：「我懂了，要看情形。像貓小葉喜歡跟朋友一起玩，所以，就算玩的不是自己喜愛的遊戲，是讓別人快樂的遊戲，自己也跟著快樂起來。」

可是，萬一貓小歪或其他朋友有一天不想跟貓小葉玩，也不必煩惱，還是可以找自己的快樂，自己一個人也可以很開心啊。自己就可以快樂，不一定得靠別人。反過來說，別人的快樂，也會讓自己快樂。這兩件事，都對。

貓小葉拿著謎語書，專心想答案；他明白了沒有呢？

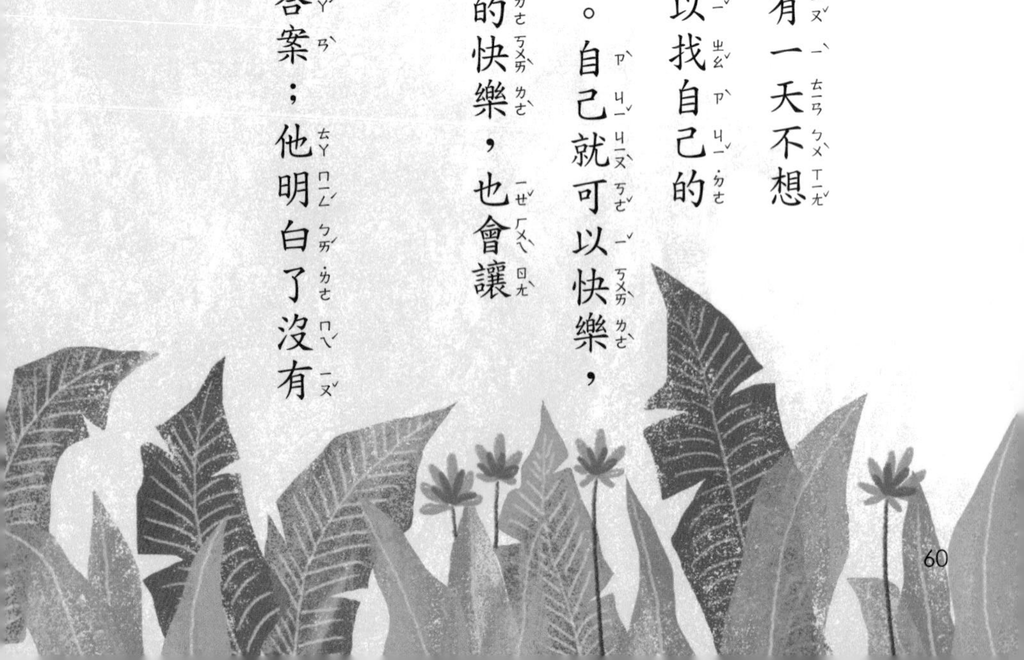

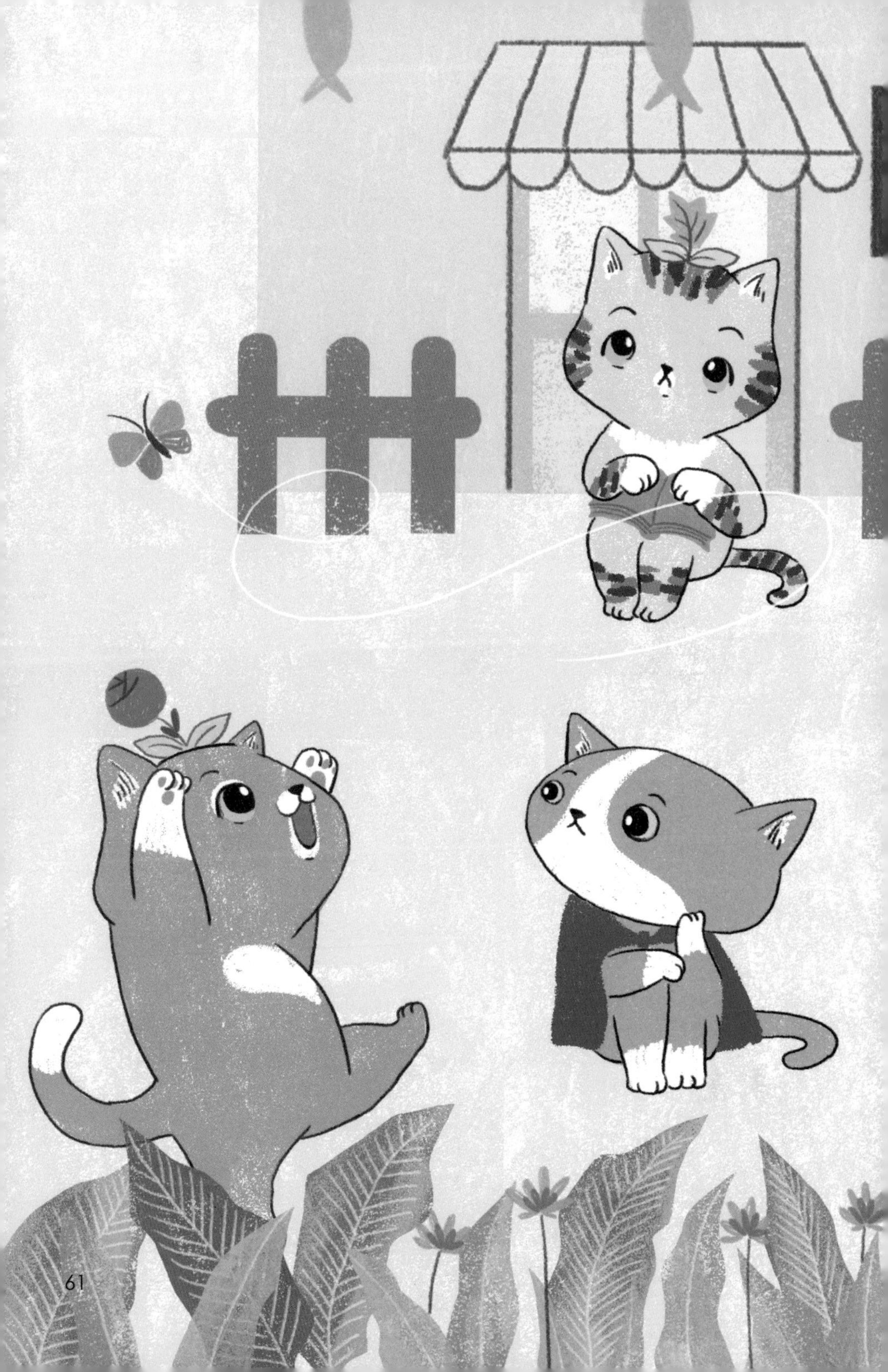

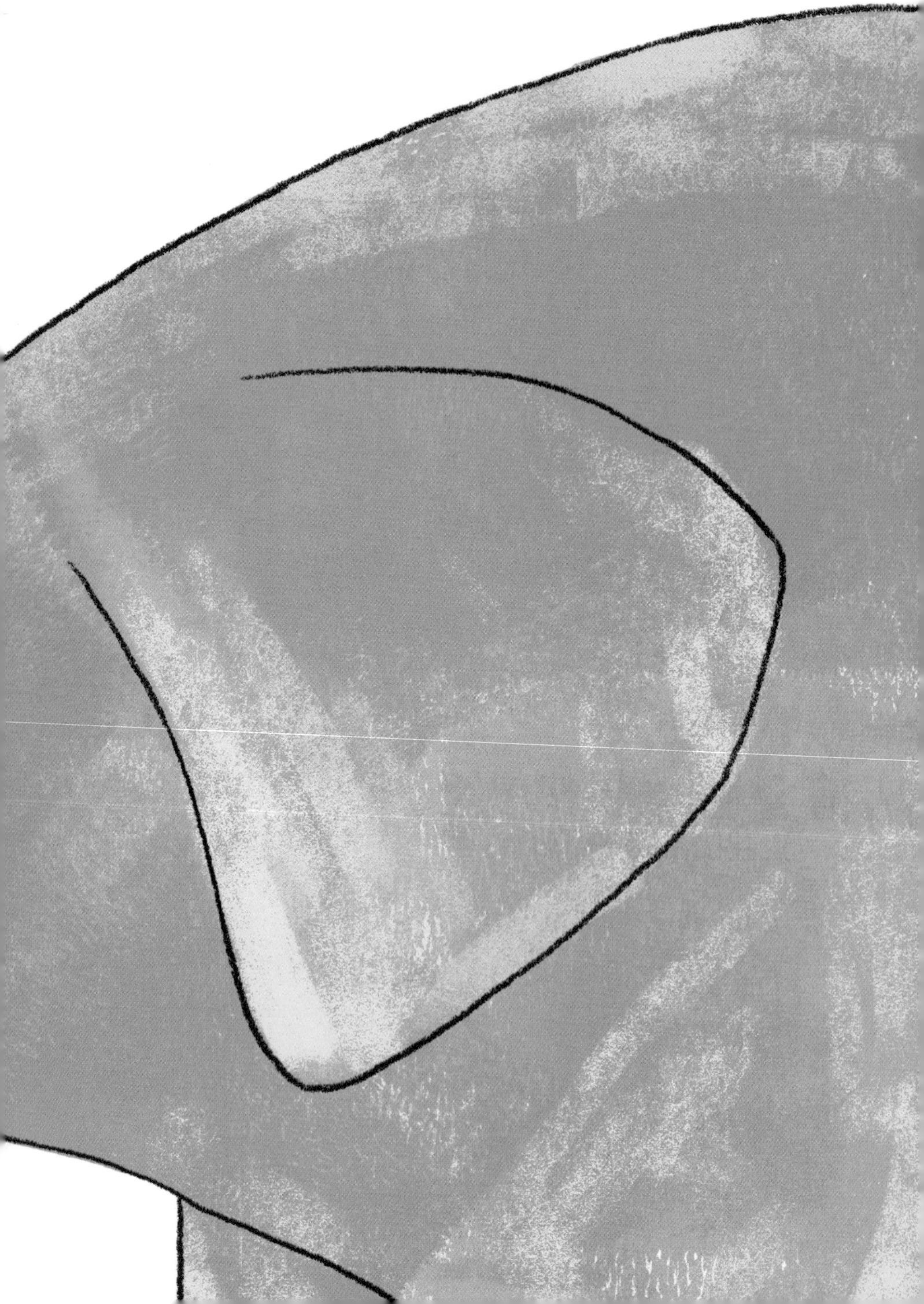

3. 快樂
多少錢？

貓巧可一大早便被咚咚咚敲門聲吵醒，原來是大象先生來拜訪。

「早安，貓巧可。我從大象村散步過來，要送你一個禮物。」大象先生的尾巴上用緞帶打了一個小小的蝴蝶結，打結的方法，是上次貓巧可教他的。

貓巧可揉揉眼、打呵欠，疑惑的問：「今天是我生日嗎？」

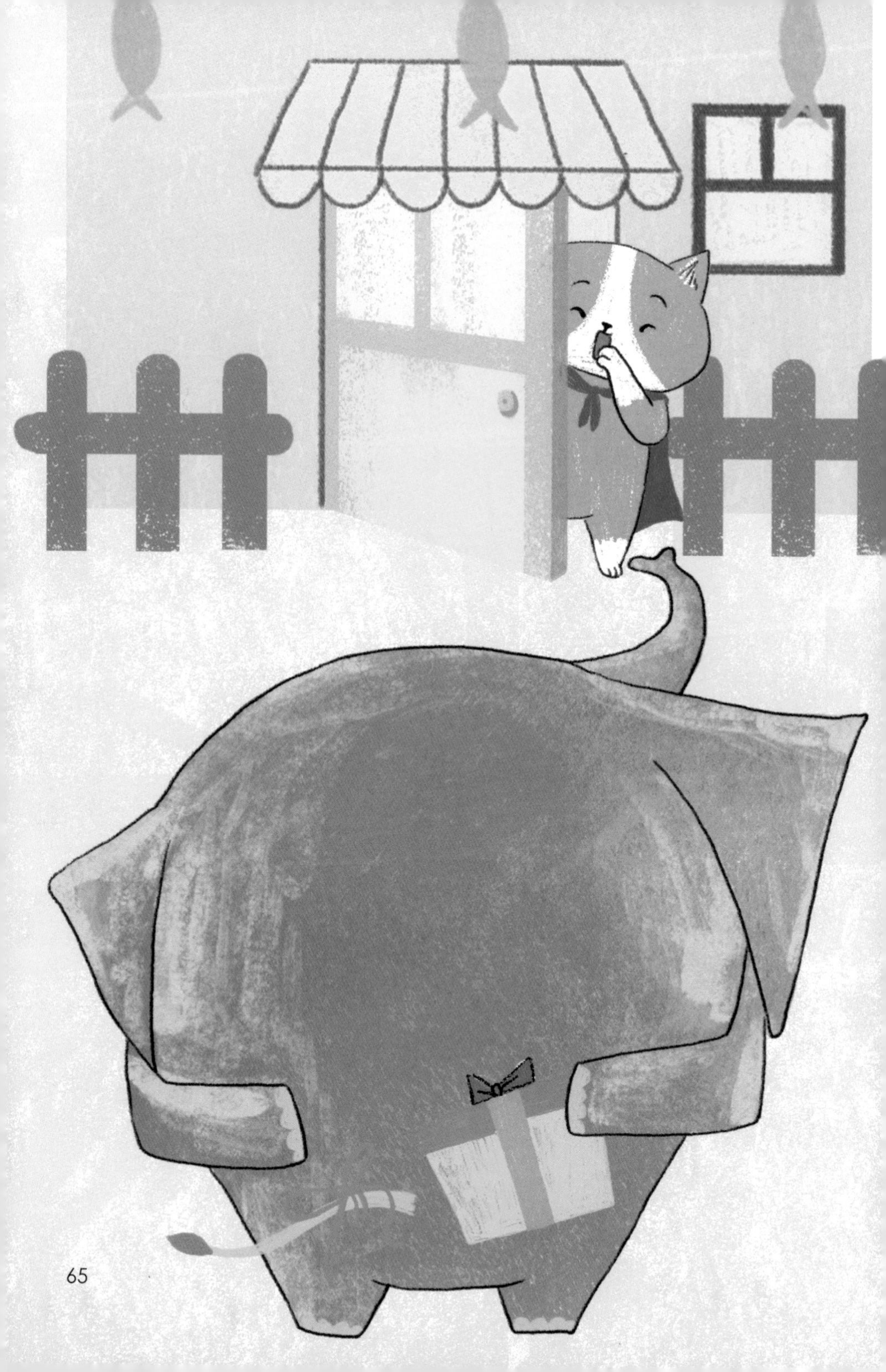

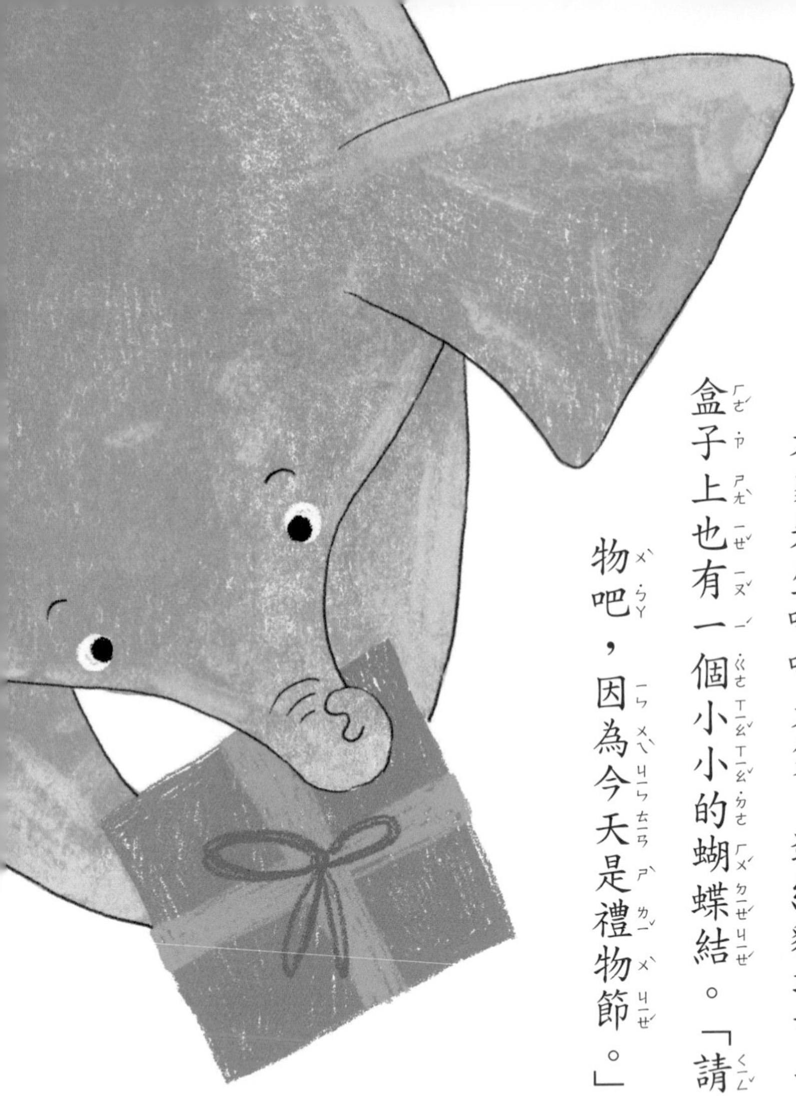

大象先生哈哈大笑，遞給貓巧可一個小盒子，盒子上也有一個小小的蝴蝶結。「請收下我的禮物吧，因為今天是禮物節。」

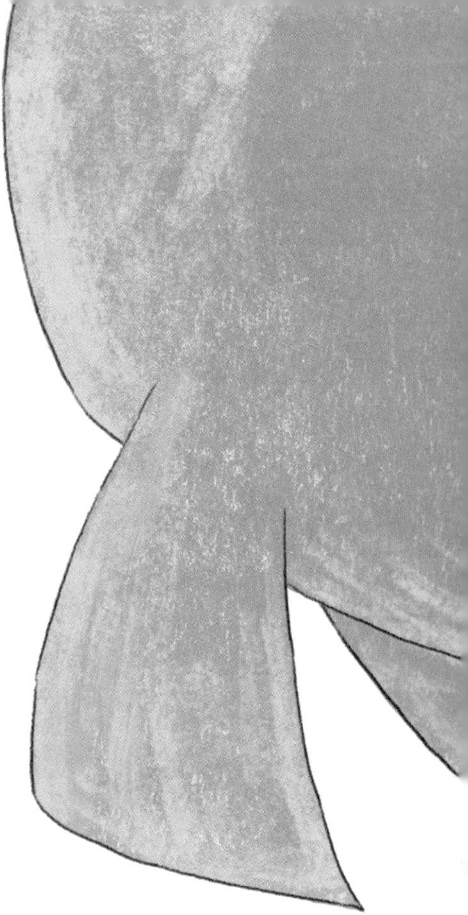

雖然貓巧可從來沒聽過禮物節，還是滿心期待的打開盒子，誰都喜歡收到禮物嘛！誰知道，一打開，盒子裡空空的，只放著一張紙，寫著「里勿」，嗯，看來是大象先生寫錯字了。

不過，貓巧可仍然很快樂，轉身走進屋內，在書架上取出一本故事書，送給大象先生，說：「謝謝你大老遠走來，送我禮物。我也要送你一本書當做回禮。」

於是，兩個人高高興興坐在屋外草坪上，一面喝茶，一面翻著故事書。

喝完茶，大象先生抱著書，回家了；貓巧可也抱著他的禮物盒，走進屋裡。

隔天，貓小花知道這件事，氣呼呼的打抱不平：「不對不對，這樣不公平！」她仔細算給貓巧可聽：「一個盒子值多少錢？說不定是買肥皂送的。加上一張寫著錯字的紙。這能叫做禮物嗎？」

她又瞪大眼睛說：「可是一本故事書，至少值三個罐頭，貴多了，顯然你這回吃虧吃大啦。」

聽起來貓小花很惱火，頭上不但沒開出美麗的花，嘴巴還嘟得高高的。

「可是，我還是很快樂啊。」貓巧可說：「有些時候，快樂無法用值多少錢來計算。」

「吃虧有什麼好快樂？我不懂。」貓小花的眼睛愈瞪愈大，「可別說吃虧就是佔便宜，這句話我媽媽成天掛在嘴上，總是要我讓弟弟。」

貓小花拉長脖子大聲說：「比如，我昨天跟媽媽說，想買一頂藍色帽子；弟弟說想跟同學去小貓咪遊樂園玩。因為家裡的費用不多，結果媽媽決定，只能滿足一個人的願望。你猜，媽媽滿足誰？」

看來，貓小花沒有如願買到藍色帽子。

「可是，你不是已經有十頂帽子了？」貓巧可小聲的說。

貓小花大叫：「我不管，多買一頂會讓我更快樂！憑什麼只有貓小葉得到快樂，我卻沒有。」

才說完，貓小葉跑過來，竟然也大叫：「氣死我了！貓小歪居然說他們家放暑假時，要搭船到很遠的貓島樂園度假。」

貓巧可與貓小花也跟著一起大喊：「什麼？好奢侈的旅行。」

據說，在貓島樂園的度假旅館住一晚，就得花二十個罐頭。任何遊樂設施，都得花五個罐頭才能玩。這是昂貴頂級的樂園，難怪貓小葉羨慕又嫉妒。

「沒關係，媽媽不是答應你，可以跟同學到小貓咪遊樂園嗎？」貓小花雖然不大甘心，但還是安慰弟弟。

「小貓咪遊樂園哪能跟貓島樂園比？」貓小葉氣得頭上一片葉子也沒長。他還計算給貓巧可聽：「小貓咪遊樂園只要三個罐頭，一看就知道裡面的設備，完全不能跟貓島樂園比。我一點都不快樂。」

貓巧可想了想，問貓小葉：「你覺得便宜的樂園比不上貴的，貴的樂園會玩得比較快樂？還是因為貓小歪能去的地方，你卻不能去，所以覺得不快樂？」

「這是兩個問題，還是一個問題？」貓小葉被搞迷糊了。

貓小花也想了想，補充說：「不如，你試著想想，如果今天貓小歪沒去貓島樂園，但是你跟好朋友去小貓咪樂園，你快樂嗎？」

「當然。」貓小葉不斷點頭，「本來，媽媽答應為我買門票時，我就立刻打電話給貓小黑，一起討論要先玩哪個遊樂器材，興奮得不得了呢！」

貓小花對貓巧可說：「他當然快樂呀，這是犧牲我的可愛藍帽子換來的。」

貓巧可說：「所以，你本來跟貓小黑去小貓咪樂園玩，是快樂的。為什麼現在卻不快樂？」

「我想，我想……」貓小葉想好久，說不上來他的心情為什麼忽然從快樂變成不快樂。

貓小花問：「是因為去貴的樂園，你才快樂嗎？」

貓小葉被考倒了，抓抓頭、抓抓鬍鬚：「好像也不是這樣。」

「今天若是換成我去貓島樂園，你聽到會生氣嗎？」貓巧可再問貓小葉。

貓小葉笑了：「應該不會。不過，你要記得買禮物給我喔。」說完，他好像心情變好一點了，頭上開出一片小葉子，說要去找貓小黑繼續討論，該搭哪班車到小貓咪樂園。

「快樂不一定跟多少錢、貴不貴有關。貓巧可，你要跟貓小葉說的，是這件事吧？」貓小花想通了，頭上開出一朵花。

貓巧可微微一笑，沒說話。

「啊！我懂了。你也是想告訴我，為什麼大象先生送你一張不值錢的紙，仍然讓你快樂。因為，快樂跟多少錢無關。」

貓小花的結論，對不對呢？

4.

真假快樂

貓小花今天的心情好極了，一大早便在頭上開出大朵的花。她蹦蹦跳跳走到貓巧可家，敲敲門：「貓巧可，快出來，往貓島樂園的巴士快開了。」

原來，貓巧可寫的詩，不但被刊登在貓村日報，還得了「貓詩大獎」，獎品是兩張貓島樂園的門票。他邀請最要好的朋友貓小花一起去玩。

BUS
BUS

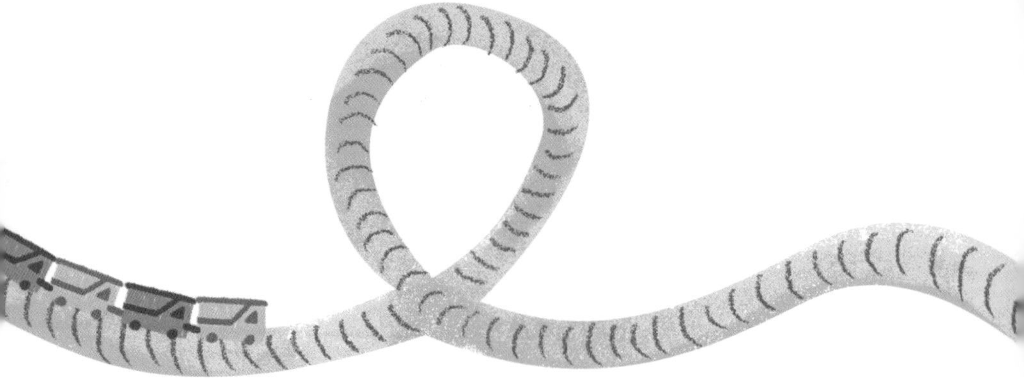

兩個人一走進貓島樂園，簡直開心到頭昏，不知道從哪個遊樂器材開始玩。

貓小花指著前方說：「看，飛天椅排了長長的隊，我們也去排吧！表示它一定最受歡迎，最好玩。」

可是，貓巧可卻搖頭說：「媽媽特別交待我，絕對不能坐飛天椅。上回我鄰居貓小呆搭飛天椅之後，頭痛了三天，還嘔吐呢。」

貓小花覺得好可惜啊，不過，她也不想頭昏加嘔吐。

在樂園走了一圈之後，貓巧可發現，許多遊樂設施都大排長龍。貓巧可不想將時間浪費在排隊上，便拉著貓小花去比較不需要等候的地方。

貓小花看起來真不開心，不斷嘆氣：「我想玩的設施，偏偏得等很久。」

幸好，他們選擇玩的「躲貓貓咖啡杯」，也挺吸引人；一坐進大型杯子內，杯子便躲起來，躲進黑漆漆的屋子內。負責操作的工作人員說：「不可以出聲音，免得被其他杯子裡的貓聽見。」

貓小花問：「被聽見會怎樣？」

工作人員說：「我也不知道，從來沒有人被聽見。」

貓小花覺得這個遊戲規則雖然有點奇怪，不過挺刺激有趣的。

中午，兩個人肚子餓了，到餐廳吃飯。牆上掛著「今日特餐：排隊布丁。」貓小花雙眼亮晶晶，大喊：「我要吃這個。」

不但要馬上吃，她還想買好多個回去送人。

據說，只要來到貓島樂園的遊客，每個人都會買這個美食當伴手禮。

難怪攤位前又是長長的隊伍，都排到餐廳外去了。

貓巧可皺著眉頭：「我可不想排隊，我比較想吃鮪魚麵包，不想吃布丁。」

「可是……」貓小花頭上的花朵兒有點垂下來，她也嘟嘴說：「大家都說到這裡如果不吃這個布丁，就等於白來了。」

「大家是指幾個人？」貓巧可跟貓小花認真的討論起來，「還有，大家是因為覺得它真的美味可口，不吃可惜；還是因為別人有吃，所以自己也非吃不可？」

貓小花看著眼前好長好長，像是排到天邊的隊伍，有點洩氣的說：「就算現在開始排，說不定輪到我們時，已經賣完，我們也沒有時間玩其他的遊樂器材了。」可是，貓小花還是緊緊盯著布丁的攤位，捨不得離開。

貓巧可說：「有一個辦法，我們輪流排隊，輪流玩。」

「好雖好，不過，我比較想跟巧可一起玩。」貓小花下定決心，拉著巧可走到賣麵包的攤位。「我們還是買麵包吧，可以邊吃邊玩。」

他們在「貓咪疊疊樂」的洞裡，大口吃著麵包，左邊「奇怪巴士」排隊的人群中，有人吵起架來。貓小花說：「大老遠跑來排隊，會快樂嗎？」

貓巧可說：「也許他們覺得排隊也是一種快樂。」

「真的嗎？」貓小花真想知道，排隊買來的布丁，比較好吃嗎？排隊買布丁，是真的快樂，還是根本是假快樂，自以為是的快樂？

有排隊玩的遊戲，比較好玩嗎？花兩小時排隊，只玩五分鐘；兩小時的不快樂，換來五分鐘快樂。是真的快樂，還是假的？

「這個問題，不太好回答。」貓巧可想了想，舉例說明：「有一次，我花了兩小時，排隊買限量貓咪大爺簽名卡。拿到手的那一刻，真的快樂想大叫。」貓巧可想起小時候的偶像。

排隊方向

「所以，快樂是真的，還是假的，必須由自己決定，沒有絕對的標準答案。」貓巧可認為，那些排隊的人，快不快樂只有他們自己心裡明白，那與別人無關。

可是，每個人也都應該練習：慢慢分辨出快樂的真與假。

貓巧可拍胸脯保證：「若是現在，我絕對不會排隊又花大錢買簽名卡，或是買昂貴卻不一定實用的東西。因為，對我來說，那是假快樂。」

真正的快樂，會讓你開心很久，不會一下子就沒感覺。

「你看，那些鳥，一定很快樂吧？」貓巧可吃完麵包，看見樹上有一群鳥兒往天上飛遠。

貓小花說：「你又不是鳥，怎麼知道他們快不快樂？」

貓巧可也說：「你又不是我，怎麼

知道我知不知道他們快不快樂？」

兩個好朋友一起哈哈大笑起來。

作者的話

快樂到底是什麼

文 王淑芬

有關快樂的哲學思考，最著名的應該是古希臘時期的哲學家蘇格拉底提出的：「要當痛苦的哲學家，還是快樂的豬？」然而，要想通這句話，可能需要從「快樂是什麼」開始聊起。

生活中，快樂或不快樂，常常主導我們的情緒，進而影響行動與選擇。誰不希望快樂，只是，快樂與太多因素有關，有時，操之在我，有時，自己控制不了。

本書中的四篇故事，第一篇〈快樂是什麼〉，我想討論的是「快樂的定義」，或者說，快樂並沒有絕對的公式可遵循。第二篇〈自己的快樂〉，聊的是自己的感覺還是別人的感覺比較重要？有時候，不強求便有快樂，一味的渴望從他人那裡得到快樂，既不實際也常落得不開心；不過另一種情形是，有時候別人的重要性大過自己，反而希望別人快樂，當看到別人快樂，自己也快樂了。

至於〈快樂多少錢？〉探討的是快樂的本質。抽象的「快樂」感受，一放到也是抽象的「價值」評定，兩者之間關係為何？不少人至今，甚至一輩子，都緊緊摟著「愈有錢愈快樂」這個想法，不肯放手；不過，錢真的能買到一切快樂嗎？第四篇〈真假快樂〉其實更像是一道永遠沒有解答的難題，你眼中的痛苦，可能是別人的快樂，反之亦然；下次當你對任何一件事做評斷時，或許能從不同角度再多些觀點。

與快樂有關的哲學命題，當然不止這些，想想自古至今，多少哲學家一生探問的，便是何者為終極的快樂。我期待讀者讀完本書，能對「我們該追求哪種快樂」，有更多更深的理解。找機會與好友聊聊書裡的故事，說不定可以聊出屬於你們自己的快樂祕方呢！

選擇以「兒童哲學」做為貓巧可系列的主題，是因為哲學是愛智之學，是生而為人最可貴的思考辯證能力。當然，我必須以風趣故事包裹這些「智」，才能讓孩子喜「愛」，牽著貓巧可的手，在哲學步道行走；歡迎來牽起貓巧可的手。

附錄1

聽聽名人怎麼說快樂

以下是古今中外幾位名人有關快樂的討論。請你想想，也可以跟別人討論，是否同意他們的說法？你不同意的點是什麼？

1 兩千五百多年前的中國春秋時代，孔子的學生顏回，他的快樂是「一簞食，一瓢飲，在陋巷。人不堪其憂，回也不改其樂。」指的是生活雖然不是很富裕，仍然覺得快樂。原因是他本來就很快樂，而不是華麗的衣食讓他快樂。

你認為生活貧窮，也會讓人快樂嗎？可能嗎？

2

距離現在兩千三百年前，希臘的哲學家伊比鳩魯，提出「快樂主義」哲學。他認為「真正的快樂，必須包含健康的身體、平靜的靈魂。」也就是快樂是包含身心兩方面。他主張「什麼事都不要太在意啦！正常生活就好。」

你同意他的看法嗎？對你來說，最重要的快樂因素是什麼？

3 距離現在兩千二百多年前，中國有兩位思想家莊子與惠施，一次出門散步時，展開有趣的對話。

莊子說：「你看河裡的魚兒，游來游去真快樂。」

惠施說：「你又不是魚，怎能知道牠們快不快樂？」

莊子說：「你又不是我，怎能知道我不知道牠們快樂？」

惠施說：「因為我不是你，所以我不知道你知道什麼。同樣的道理，因為你不是魚，所以你不知道魚是不是快樂。」

莊子說：「可是，你一開始是問：你怎能知道牠們快不快樂；表示你是知道我知道啊。」

聽起來是不是讓人覺得頭昏？可是仔細想想，似乎兩個人都有道理。如果是你，你認為人能不能知道魚快不快樂？

4 一千九百多年前的希臘哲學家愛比克泰德說：「不要去憂慮超過我們能力的事，這是追求快樂的不二法則。」

你覺得這個主張有道理嗎？想想，現在讓你不快樂的事是什麼？它算不算「超出你的能力」？可以將不快樂轉為快樂嗎？

附錄2 貓巧可本尊寫真照

王淑芬筆下的貓巧可，喜愛思考又樂於跟好友們分享想法。真實生活中，真的有一隻既喜歡與人親近，行動又十分有條理的貓巧可。比如，每日清晨，牠會跳上床，在王淑芬的枕頭邊大聲「呼嚕呼嚕」，叫她起床。一起床後，牠又立刻走進浴室，跳上洗臉臺，等著王淑芬為牠刷牙洗臉，是優雅的貓小孩呢。所以，王淑芬才會以牠做為這個系列的主角。

閱讀123